SOPA DE LIBROS

© Del texto: Paula Fernández de Bobadilla, 2015
© De las ilustraciones: Ximena Maier, 2015
© De esta edición: Grupo Anaya, S. A., 2015
Juan Ignacio Luca de Tena, 15. 28027 Madrid
www.anayainfantilyjuvenil.com
e-mail: anayainfantilyjuvenil@anaya.es

Primera edición, abril 2015

Diseño: Manuel Estrada

ISBN: 978-84-678-7138-8
Depósito legal: M-4987-2015

Impreso en España - Printed in Spain

. Las normas ortográficas seguidas son las establecidas por la Real Academia
Española en la *Ortografía de la lengua española*, publicada en 2010.

Fernández de Bobadilla, Paula
Tinta / Paula Fernández de Bobadilla ;
ilustraciones de Ximena Maier . — Madrid : Anaya, 2015
64 p. : il. c. ; 20 cm. — (Sopa de Libros ; 172)
ISBN 978-84-678-7138-8
1. Perros. 2. Familia. 3. Humor.
I. Maier, Ximena , il. II. Título. III. Serie.
087.5: 821.134.2-3

Tinta

SOPA DE LIBROS

Paula Fdez. de Bobadilla

Tinta

Ilustraciones
de Ximena Maier

ANAYA

Para Simón,
que tiene mucha paciencia.

INVIERNO

1

Tinta se ha enroscado en su cojín, delante de la chimenea. Fuera sopla el viento. Cuando una rama del fresno golpea en la ventana, levanta una oreja, pero se duerme otra vez.

Tinta sabe que si ladra, se va fuera. Así que, cuando ve al gato del vecino pasearse por la ventana, suspira y mira para otro lado. Las noches de invierno son mejores junto al fuego.

2

12 Anoche hizo bastante frío y
la charca amaneció helada.
Tinta no ha tardado mucho
en pasearse por encima.

El hielo del borde es demasiado
delgado para aguantar peso;
ni siquiera el de una perrita.

Papá estaba cortando leña
cuando oyó el chapoteo. Al llegar
a la charca, Tinta ya se estaba
sacudiendo el agua.

No hacía muy buen día, así
que la ha envuelto en una manta
vieja y la ha dejado al lado de
la chimenea con un cuenco
de leche.

3

Hoy, Tinta ha robado un pollo.
Entró en la cocina cuando mamá
lo acababa de sacar del horno
y aprovechó un descuido para
llevárselo corriendo.

Mamá no se lo podía creer:

—¡Pero bueno...! ¡Tinta!
¡Te vas a enterar! ¿Dónde te
has metido?

Ha estado un rato llamándola
y buscándola por toda la casa

—¡Tintaaaa! ¡Tintaaaa!

Pero nada, Tinta no aparecía.
Al final, la descubrió: se había
metido en el armario de
los zapatos a comerse el pollo.

A mamá no le ha hecho
ninguna gracia encontrarse
sus zapatillas de pelo de conejo
llenas de grasa.

4

Mamá ha salido de casa a por unos merengues y ha encontrado a Trampa saliendo de debajo del coche. Hasta que le compramos el cojín, la labradora siempre dormía ahí. Debe de ser un sitio calentito en invierno.

Tinta estaba durmiendo plácidamente junto al coche, envuelta en una nube de relleno del cojín de Trampa. Qué poca vergüenza tiene esta perra.

5

Tinta lleva toda la mañana
muy ocupada olisqueando
las macetas de la entrada.

Mamá sospecha que debe de
haber un ratoncillo, pero papá
cree que es una rata.

—Bueno, pero una ratita
de campo —dice mamá.

—De campo o de ciudad,
no quiero ratas en esta casa.

Mamá no ha dicho nada más,
pero ha sacado un hueso de

jamón y lo ha dejado en la otra
punta del jardín.

Ni siquiera ha tenido que
llamar a Tinta, que ha tardado
un segundo en olvidarse de
la rata para irse a roer el hueso.

PRIMAVERA

1

Las golondrinas están haciendo
un nido en la terraza. Tinta está
encantada y no pierde detalle de
la obra. Ahora traen un poquito
de barro, ahora una brizna de
hierba, ahora una plumita...
Después de tanto trabajo
les entra sed, y pasan rozando
el agua del estanque para beber.
Tinta les ladra y las persigue
un poco, jugando.
Ha llegado la primavera.

2

Tinta ha conseguido colarse en el cuarto de Inés y ha robado uno de sus zapatos de novia. La boda será dentro de un mes, en mayo.

Papá la ha descubierto cuando bajaba por las escaleras con el botín. Estaba baboso, pero no le había dado tiempo a destrozarlo.

Es una pena, creo que Inés estaba buscando una excusa para comprarse otros...

¿Le habrá abierto ella la puerta?

3

Hace un día magnífico.
El cielo está azul, despejado.
Trampa se ha tumbado con
la panza al solecito.

Tiene sueño porque ha estado
comiéndose los nísperos del árbol
que hay junto a la charca.
Le encanta saltar y cogerlos
de la rama.

Los huesos de los nísperos son
marrón brillante, muy bonitos.
No sé si se los come también.

4

28   Esta tarde, mientras mamá regaba las flores, el gato del vecino se coló en el jardín. Tinta lo vio y salió corriendo detrás.

Es muy rápida, pero no tanto como el gato, que se encaramó a la acacia sin despeinarse. Allí se quedó, lamiéndose una pata y mirando a la perrita.

Tinta ha estado sentada, muy tiesa, mirándolo fijamente, durante mucho rato. A lo mejor

todavía seguiría allí, pero papá
la llamó para comer y se fue
sin pensárselo dos veces.

Entonces el gato se bajó del
árbol con mucha tranquilidad
y se volvió a su casa.

Yo creo que viene solo para
fastidiar, porque él sabe que
Tinta se pone muy nerviosa
cuando lo ve.

5

Cuando se pone de pie sobre
las patas de atrás, Tinta es igual
de alta que Lucas y Violeta.
Le encanta saludarlos así
cuando vienen de visita.

A veces se emociona demasiado
y les empuja un poco. Hoy se ha
entusiasmado más de la cuenta
y ha tirado a Violeta al suelo.
Violeta está acostumbrada,
pero Lucas la ha reñido:

—Tinta, ¡no! ¡Ten cuidado!

Tinta le ha dado un lametón en la cara a cada uno y ha seguido danzando a su alrededor.

VERANO

1

Anoche dejamos las ventanas
abiertas para dormir. Es la señal
de que el verano ya está aquí.
Tinta lo ha celebrado ladrándole
a la rata que vive en la parra
de la terraza, justo debajo del
cuarto de Inés.

Mamá la ha mandado callar;
papá la ha mandado callar;
el vecino la ha mandado callar;
y Miguel le ha tirado una
almohada, pero nada.

Al final, papá, harto, la ha
encerrado en el patio. Tinta
ha parado de ladrar, pero
ha pasado el resto de la noche
aullando muy triste.

2

Esta mañana, Tinta cogió una camiseta de Lucas del tendedero y la arrastró por todo el jardín.

Mamá vio cómo la sacudía de un lado a otro, gruñendo entusiasmada. Luego la enganchó en los rosales y, por último, hizo un nidito con ella y se enroscó encima.

Mamá la ha reñido mucho y le ha quitado la camiseta, que ahora es un paño para el polvo.

3

Miguel ha estado lijando la puerta principal casi todo el verano. Tinta se sienta a mirarlo muchos días.

A veces se asusta cuando se pone la mascarilla para que no le entre serrín en la nariz. Otras, aprovecha que está ocupado con algo y le roba un taco de goma que usa para lijar. Miguel la persigue por el jardín, que es lo que ella quiere: un poco de acción.

4

40 Desde hace unos días, hay
una ranita en la charca.

Al principio pensábamos
que era una rana enorme,
porque croa muy fuerte. Pero
no es más grande que una caja
de cerillas.

A Tinta le encanta buscarla,
es su nuevo pasatiempo. Cuando
la encuentra, le pone el hocico
muy cerca. A la rana no le gusta
nada y se tira al agua de un salto.

Entonces Tinta le ladra para
que salga y la rana se va
buceando a algún rincón
tranquilo, lejos de la perrita
y del calor del verano.

5

Hoy no había quien durmiera la siesta en casa. Parecía que alguien iba a echar abajo la puerta. Mamá ha salido enseguida a ver qué pasaba y se ha encontrado a Tinta rascando la madera...

—¡Esto es el colmo! ¡Con el trabajo que ha costado arreglarla!

La ha cogido por el collar y la ha encerrado en el patio.

Trampa ha asomado la nariz por la caseta para ver qué pasaba y se ha vuelto a dormir. A ella no le estaba molestando el ruido.

Otoño

1

Es otoño y las tardes son más cortas. La parra ya casi no tiene hojas. Están amontonadas por el suelo, mojadas de la lluvia de ayer. Tinta se entretiene metiendo el hocico por los montoncitos y esparciéndolas por toda la terraza cuando papá intenta recogerlas.

—¡Tinta!

Tinta para cuando la regañan,
pero en cuanto nos distraemos,
vuelve a las andadas. No sabemos
si tiene muy mala memoria
o muy poca vergüenza...

2

Todos los días hay una sorpresa nueva de Tinta. Hoy, por ejemplo, ha roído el felpudo de la puerta principal. Mamá cree que papá no va a estar muy contento. ¿Dónde va a quitarse ahora el barro de los zapatos?

Ha llevado a Tinta hasta el felpudo y la ha regañado, pero dice que cree que no ha entendido nada, porque movía el rabo encantada.

3

Hoy, Tinta se ha escapado. Mamá cree que ha sido cuando papá abrió la verja para ir al campo. Se ha pasado toda la mañana buscándola: ha ido a casa de Milagrito, y nada; ha ido a casa de Ana, y nada; ha llegado incluso hasta casa de tía Begoña, y nada.

Justo cuando iba a empezar a cocinar, han llamado a la puerta. ¡Era Tinta! El policía que la ha

traído dice que se la encontró
en el parque, revolcándose por
los montones de hojas secas.
En cuanto la llamó, se sacudió
las hojas y fue a saludarlo,
muy contenta.

—Ya nos conocemos, ¿verdad?

Claro, como que es la tercera
vez que la trae a casa.

4

El carnicero le ha dado a mamá
un hueso para Tinta y otro para
Trampa.

Tinta ha cogido el suyo,
que era casi más grande que ella.
Se lo ha llevado al jardín con aire
misterioso. Ha estado un rato
escarbando detrás de la charca
y ha vuelto con cara inocente.

Creo que está segura de que
nadie sospecha que lo ha
enterrado.

Trae las patas y el hocico llenos de barro, y ha dejado un rastro que va desde la terraza hasta su escondite. Tiene suerte de que no nos interese su hueso.

5

Durante la cena, se oía
al mochuelo en el olivo viejo.
Siempre se posa allí por
las noches, es un buen sitio
para cazar ratones.

Tinta se ha colado por el
boquete de la valla en el jardín y
ha estado olisqueando por aquí
y por allá un rato. Cuando ha
pasado al lado del olivo, ha oído
algo y se ha quedado muy quieta.
Por un momento, ha creído que

era el caradura del gato otra vez.
Pero no. Era el mochuelo.

Ha movido un poco el rabo y
se ha vuelto a su cojín a dormir.
Bueno, al cojín de Trampa.
Le gusta mucho acurrucarse
calentita entre las patas de la
labradora, sobre todo ahora,
que casi ha llegado el invierno.

Índice

Escribieron y dibujaron…

Paula
Fdez. de Bobadilla

—*Paula Fernández de Bobadilla (Jerez de la Frontera, 1976) es editora* freelance *y compagina su trabajo con la escritura. Díganos, ¿de dónde le surgió la inspiración para escribir* Tinta?

—Tinta es la perrita bodeguera de mis padres. Apareció un día en el campo, sin dueño, y se quedó a vivir con ellos. Tengo dos hijos pequeños, Lucas y Violeta, a los que no les gusta mucho irse a dormir por la noche hasta que no han agotado todas las posibilidades (y mi paciencia): cuentos, agua, canción, secretos varios… Las historias de Tinta eran el último recurso. Con la luz ya apagada, me tumbaba con ellos y les contaba cualquier trastada de Tinta, real o no. A veces las repetíamos. Eran muy cortitas porque yo ya estaba cansada y deseando irme a cenar, así que todo tenía que suceder en muy poco tiempo. Un día se me ocurrió escribirlas todas y aquí estamos.

—*¿Qué relación tiene con los perros y otros animales?*

—Me gustan mucho los perros, los hemos tenido en casa desde que era pequeña. Ahora no, porque vivo en un piso y es un poco complicado; es una pena. También me encantan los córvidos: cuervos, urracas, grajos, cornejas… Son listísimos, si viviera en el campo, me divertiría tener alguno. Pero, en el campo, también tendría que convivir mucho más estrechamente con los únicos animales que no me gustan ni un pelo, que son los reptiles. Especialmente, las salamanquesas.

—*¿Cuándo y por qué empezó a escribir?*

—No lo sé muy bien. Imagino que siempre he escrito, sobre todo cartas. También me gusta escribir cuando viajo, me encanta comprarme un cuaderno nuevo para ir haciendo el diario del viaje. No hay ninguna razón en particular, me gusta y ya está.

Ximena Maier

—*Ximena Maier (Madrid, 1975) es una reconocida ilustradora que colabora con periódicos, revistas, agencias de publicidad, editoriales diversas... ¿Cómo ha sido dibujar a Tinta, esta perrita tan curiosa? ¿Se ha inspirado en un perro de verdad o ha surgido completamente de su imaginación?*

—Tinta, la perrita del libro, tiene mucha personalidad y está muy viva en el texto, solo con eso era más que suficiente para dibujarla. Pero sí, además me he inspirado en Ita, una terrier de mis padres.

—*¿Tiene usted mascota? ¿Cómo es su relación con ella?*

—Ita no es mía, técnicamente, pero como si lo fuera. Se parece mucho a Tinta, es pequeña, inquieta, curiosa e independiente. Está bastante loca, la verdad. Siempre tiene que saber lo que está pasando, y estar en medio de la acción. Una vez, aunque odia el agua, se tiró a una poza helada donde estaba nadando nuestra otra perra, y tuve que tirarme yo detrás a rescatarla, que si no, se la lleva el agua montaña abajo.

—*Le une con la autora una amistad de muchos años, ¿qué ha significado para usted ilustrar el texto de su amiga?*

—Ha sido muy especial, muy divertido, y muy emocionante estar ahí desde el principio, y conocer todos los personajes, que son reales. Cuando Paula me envió el texto me encantó, empecé a hacer unos dibujos para ver qué tal, y teníamos la idea de hacerlo aunque fuera como una edición personal, porque nos parecía que esto no se podía quedar en un cajón. Y en vez de eso, mejor que mejor, se ha convertido en un libro de Sopa de Libros.